24 Avril 1909

marqué P

VENTE

DU

Samedi 24 Avril 1909

HOTEL DROUOT, Salle N° 1

à 2 heures

COLLECTION SCHEIKEVITCH

TABLEAUX ANCIENS

Aquarelle, Dessins, Pastels, Gouaches

MARBRES

[illegible]

COMMISSAIRE-PRISEUR

Me HENRI BAUDOIN

Successeur de Me PAUL CHEVALLIER

EXPERTS

M. JULES FÉRAL

M. RENÉ MOROT

COLLECTION SCHEIKEVITCH

TABLEAUX ANCIENS

Aquarelle, Dessins, Pastels, Gouaches

MARBRES

CONDITIONS DE LA VENTE

Elle sera faite au comptant.

Les Adjudicataires paieront *dix pour cent* en sus des enchères.

Paris. — Imprimerie Georges Petit, 12, rue Godot-de-Mauroi. — 19631-06.

CATALOGUE

DES

TABLEAUX

ANCIENS

Aquarelle, Dessins, Pastels, Gouaches

PAR

VAN BALEN, BERGHEM, BOTH, BRIL, DUSART, CH. EISEN
FRANCK, A. VAN GELDER, VAN GOYEN, HEEMSKERCK, P. DE LAAR, MALLET, VAN MIERIS
MIGNON, POELENBURG, RIBERA, ROTTENHAMMER, SAVERY, STEENWICK
TORENVLIET, LE VALENTIN, VERSCHURING
MARTIN DE VOS, WEENIX, VAN DER WERF, ETC., ETC.

MARBRES

Dépendant de la Collection SCHEIKEVITCH

ET DONT LA VENTE, PAR SUITE DE DÉCÈS, AURA LIEU A PARIS

HOTEL DROUOT, SALLE N° 1

Le Samedi 24 Avril 1909, à 2 heures

COMMISSAIRE-PRISEUR

Me HENRI BAUDOIN, successeur de Me PAUL CHEVALLIER

10, rue Grange-Batelière, 10

EXPERTS

M. JULES FÉRAL	M. RENÉ MOROT
7, rue Saint-Georges, 7	9, rue du Commandant-Marchand, 9

EXPOSITION PUBLIQUE

Le Vendredi 23 Avril 1909, de 2 heures à 6 heures

DÉSIGNATION

Aquarelle, Dessins, Pastels, Gouaches

BARDOU (C.-W.)

1 — *Portrait d'homme.*

Pastel.
Signé à droite et daté : *1818.*

Haut., 30 cent.; larg., 26 cent.

BEHAM (Hans-Sébald)

Nuremberg, 1500-1550.

2 — *Un Moine marche, tenant un flambeau.*

Dessin à la plume.

Haut., 14 cent.; larg., 9 cent.

BRAUWER (Attribué à Adrien)

3 — *Fumeurs autour d'une table.*

Dessin à la plume.

Haut., 12 cent.; larg., 15 cent.

CARRACHE (École d'ANNIBAL)

4 — *Têtes d'études.*

Dessin à la plume.

Haut., 21 cent.; larg., 16 cent.

DUPRESSOIR (FRANÇOIS-JOSEPH)

Paris, 1800-1859.

5 — *Ferme dans un vallon auprès d'un cours d'eau.*

Aquarelle signée à droite.

Haut., 16 cent.; larg., 25 cent.

DURER (Attribué à ALBERT)

6 — *Le Christ en robe, que l'on renverse sur la croix.*

Dessin à la plume.

Haut., 22 cent.; larg., 16 cent.

DURER (École d'ALBERT)

7 — *Son portrait.*

D'après une peinture du musée de Madrid.
Dessin à la plume.

Haut., 22 cent.; larg., 17 cent.

DURER (École d'ALBERT)

8 — *La Vierge tenant l'Enfant-Jésus sur ses genoux, est entourée d'adorateurs.*

Dessin à la plume.

Haut., 22 cent.; larg., 15 cent.

DUSART (CORNÉLIS)

Haarlem, 1660-1704.

9 — *Un homme assis tient un verre et un pot de bière.*

Dessin à la sanguine.

Haut., 19 cent.; larg., 15 cent.

FRAGONARD (Genre de)

10 — *Bergers et animaux devant une cascade.*

Dessin à la sanguine.

Haut., 33 cent.; larg., 40 cent.

HEEMSKERCK (MARTIN VAN)

Heemskerck, 1498-1574.

11 — *Sujet biblique.*

Dessin à la plume.

Haut., 30 cent.; larg., 40 cent.

HOLBEIN (Attribués à HANS)

12 — *Deux croquis.*

L'un, du portrait de G. Zurch Goldsmith, monogrammé : *H., 1532.*
L'autre, du portrait d'un évêque qui se trouve au musée du Louvre.
Dessins à la plume, avec indications des couleurs.

Haut., 16 cent.; larg., 7 cent. 1/2.

HOLBEIN (École de Hans)

13 — *La Vierge, sainte Anne, l'Enfant Jésus et le Père Éternel, dans une gloire.*

Dessin à la plume et au lavis de sépia.

Dans le filigrane du papier, deux C couronnés.

Haut., 22 cent.; larg., 15 cent.

LECCE (Matteo da)

École italienne, XVIe siècle.

14 — *Le Jugement dernier.*

Dessin à la plume et au lavis de bistre.

Haut., 26 cent.; larg., 48 cent.

LORRAIN (Claude Gelée, dit le)

15 — *Paysage avec arbres et rochers.*

Dessin au crayon noir et au lavis de sépia.

Haut., 16 cent.; larg., 20 cent.

MIÉRIS (Attribué à Franz)

16 — *Diane découvrant la grossesse de Calisto.*

Dessin à la plume et au lavis de bistre.

Haut., 35 cent.; larg., 49 cent.

MOITTE (Pierre-Étienne)

Paris, 1722-1780.

17 — *Enlèvement des Sabines.*

Dessin à la plume et au lavis.

Haut., 33 cent.; larg., 47 cent.

PRUD'HON (École de)

18 — *Portrait d'homme en redingote.*

Dessin au crayon noir.

Haut., 29 cent.; larg., 22 cent.

ROSSO (Giovanni Battista), dit Maître Roux

Florence, 1496-1541.

19 — *Combat des Centaures et des Lapithes.*

Dessin à la plume, lavé de bistre, rehaussé de blanc.

Haut., 34 cent.; larg., 45 cent.

STRADAN (Jean)

Bruges, 1536-1605.

20 — *La Chasse à l'ours.*

Dessin à la plume et au lavis de bistre.

Haut., 35 cent.; larg., 51 cent.

VELDE (Adrien Van de)

Amsterdam, 1639-1672.

21 — *Paysage avec barque.*

Dessin à la plume et au lavis.
Signé à gauche, et daté : *1650.*

Haut., 13 cent.; larg., 18 cent.

ÉCOLE FRANÇAISE

XVIIIe siècle.

22 — *Composition architecturale.*

Dessin au lavis d'encre de Chine et de sépia.

Haut., 33 cent.; larg., 48 cent.

ECOLE FRANÇAISE

XVIIIe siècle.

23 — *La Peinture.*

Composition allégorique.
Dessin à la plume et au lavis d'encre de Chine.

Haut., 12 cent.; larg., 20 cent.

ÉCOLE FRANÇAISE

XVIIIe siècle.

24 — *Jeune fille endormie sur une botte de paille.*

Pastel.

Haut., 39 cent.; larg., 32 cent.

ÉCOLE FRANÇAISE

25 — *Jeune femme à la colombe.*

Pastel.

Haut., 39 cent.; larg., 31 cent.

ÉCOLE FRANÇAISE

26 — *Tête de vieillard.*

Dessin aux deux crayons.

Haut., 42 cent.; larg., 34 cent.

ÉCOLE HOLLANDAISE

XVIIe siècle.

27 — *Une kermesse.*

Dessin à la plume.

Haut., 18 cent.; larg., 26 cent.

ÉCOLE ITALIENNE

28 à 34 — *Suite de gouaches d'après les fresques de Pompéi.*

Sept pièces.

ÉCOLE VÉNITIENNE

35 — *Portrait d'homme coiffé d'une toque.*

Dessin à la plume.

Haut., 21 cent.; larg., 15 cent.

Tableaux Anciens

BALEN (Henri Van)

Anvers, 1575-1632.

36 — *La Jeunesse de Bacchus.*

Peinture sur cuivre.

Haut., 38 cent.; larg., 50 cent.

BERGHEM (Jean Van)

École flamande, XVIIe siècle.

37 — *Bergers et leurs troupeaux.*

Signé à droite, en toutes lettres.

Bois. Haut., 43 cent.; larg., 66 cent.

BOTH (André)

Utrecht, 1610-1652.

38 — *Les Marchands ambulants.*

Ils ont installé leur éventaire devant des ruines, non loin du Colisée.

Signé à gauche.

Toile. Haut., 52 cent.; larg., 64 cent.

BREUGHEL (Attribué à Jean)

39 — *Paysage avec cours d'eau et figures sur une route.*

Bois. Haut., 43 cent.; larg., 72 cent.

BRIL (Paul)

Anvers, 1556-1626.

40 — *Le Bon Samaritain.*

A gauche, des constructions au bord d'un canal.

Bois. Haut., 35 cent.; larg., 65 cent.

BRISSET (Pierre-Nicolas)

Paris, 1820-?(?)

41 — *Jeux d'enfants.*

Toile. Haut., 11 cent.; larg., 23 cent.

COURTOIS (Jacques), dit le Bourguignon

Saint-Hippolyte, 1621-1676.

42 — *Choc de cavalerie.*

Toile. Haut., 57 cent.; larg., 74 cent.

EISEN (Charles)

Valenciennes, 1720-1778.

DEUX PENDANTS

43 — *Scènes d'intérieur.*

Signées à droite, du monogramme : *C. E.*

Toiles. Haut., 34 cent.; larg., 29 cent.

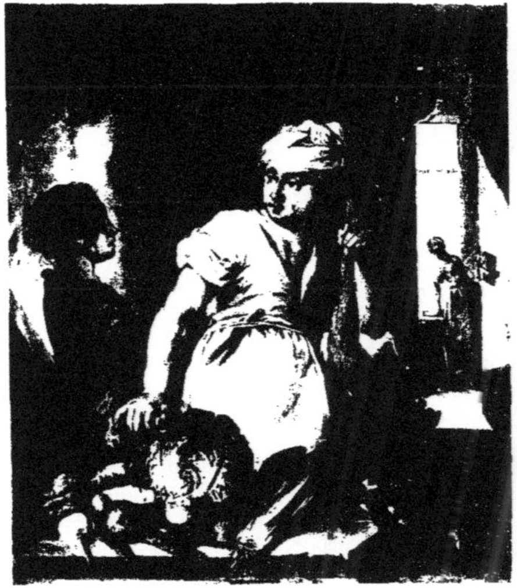

43 450 les 2 43

FRANCART

École française, XVIIIe siècle.

44 — *Portrait de femme.*

Vue à mi-corps, en robe grise, manteau rouge.

Signé à droite et daté : *1735*.

Toile. Haut., 78 cent.; larg., 63 cent.

FRANCK (FRANÇOIS)

Herenthals, 1544-1616.

45 — *Le Triomphe de Neptune.*

Sur un char en forme de conque, traîné par deux chevaux marins, Neptune tenant Amphitrite dans ses bras, sort des flots, entouré de tritons et de naïades.

Bois. Haut., 58 cent.; larg., 74 cent.

GELDER (Attribué à ARNOLD DE)

46 — *Portrait de femme âgée.*

En buste, coiffée d'un bonnet blanc, une guimpe sur son corsage.

On lit, à droite : *Ætatis suæ 109. Anno 1697*.

Bois. Haut., 29 cent.; larg., 26 cent.

GÉROME (JEAN-LÉON)

47 — *Portrait du nègre de l'artiste.*

Signé et daté : *1853*.

Toile. Haut., 74 cent.; larg., 60 cent.

GOYEN (JEAN VAN)

Leyde, 1596-1666.

48 — *Bords de rivière en Hollande.*

Des bateaux abordent, à droite, près d'une construction fortifiée. A gauche, le cours d'eau s'étend à l'horizon.

Signé à droite du monogramme, et daté : *1637*.

Bois. Haut., 85 cent.; larg., 48 cent.

HENSIUS (Attribué à

49 — *Portrait de jeune femme.*

Elle est représentée dans un médaillon, en robe bleue garnie de dentelle.

Toile. Haut., 57 cent.; larg., 44 cent.

HELST (Attribué à BARTHÉLEMY VAN DER)

50 — *Portrait d'officier en buste.*

Toile. Haut., 45 cent.; larg., 35 cent.

LAAR (PIERRE DE)

Haarlem, 1613-1674.

51 — *Scène de brigandage.*

Un brigand emmène deux chevaux, tandis qu'une femme se désespère devant le cadavre d'un homme tué auprès d'une maison qui brûle.

Toile. Haut., 42 cent.; larg., 34 cent.

LANSIUS (W.)

École flamande, XVIIe siècle.

52 — *Nymphes et Satyres.*

Peinture sur bois de forme ovale.
Signé à droite en toutes lettres.

Haut., 36 cent.; larg., 50 cent.

MALLET (JEAN-BAPTISTE)

Grasse, 1759-1835.

53 — *Scène d'intérieur.*

Une jeune femme, assise devant une table, tient une b[illegible] à musique. Une fillette joue avec un chien.

Bois. Haut., 29 cent.; larg., 25 cent.

MIÉRIS (GUILLAUME VAN)

Leyde, 1662-1747.

54 — *Femme à la fenêtre.*

Une femme âgée, couverte d'un manteau rouge, est accoudée dans un œil-de-bœuf, tenant à la main un feuillet portant une inscription.

Bois. Haut., 29 cent.; larg., 23 cent.

MIGNON (ABRAHAM)

Francfort, 1639-1679.

55 — **Nature morte.**

Des radis sur un plat d'étain, un verre de vin blanc, une pomme, un pichet de Delft et une salière.

Signé et daté : *1674*.

Toile. Haut., 60 cent.; larg., 52 cent.

MIGNON (Attribué à ABRAHAM)

56 — *Des fruits sur une table.*

Toile. Haut., 65 cent.; larg., 54 cent.

MONNOYER (BAPTISTE)

Lille, 1634-1699.

57 — *Un Vase de fleurs.*

Toile. Haut., 60 cent.; larg., 52 cent.

OCTAVIEN (FRANÇOIS)

Rome (?)-† 1736.

58 — *Le Repos dans le parc.*

Bois. Haut., 23 cent.; larg., 28 cent.

OSTADE (Attribué à ISAAC VAN)

59 — *Le Marchand ambulant.*

Toile. Haut., 16 cent.; larg., 7 cent.

PELT (ABRAHAM VAN)

Schiedam, 1815-† (?).

60 — *La Lecture.*

Signé à gauche.

Toile. Haut., 56 cent.; larg., 45 cent.

RIBERA

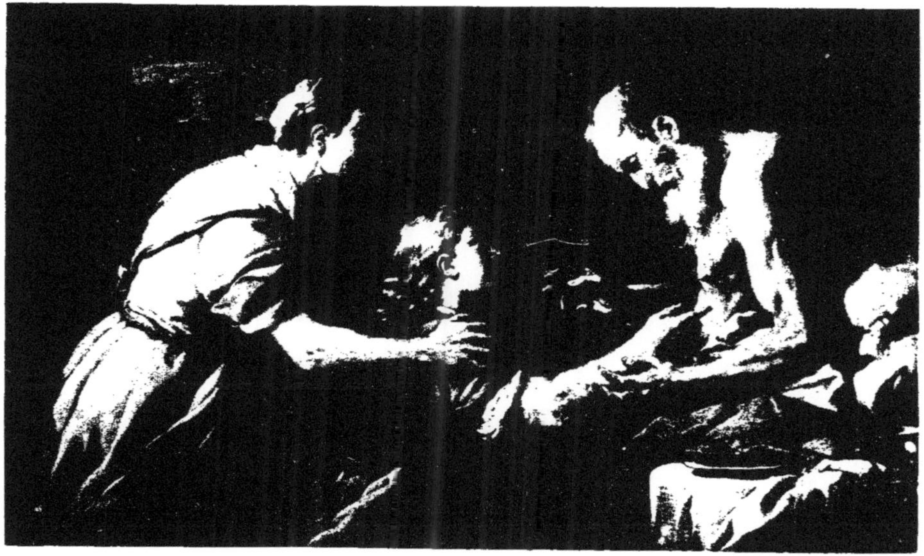

63

POELENBURG (Corneille Van)

Utrecht, 1586-1667.

61 — *Tobie et l'ange.*

Signé des initiales.

Bois. Haut., 20 cent.; larg., 28 cent.

RAPHAEL (École de)

62 — *La Vierge portant l'Enfant Jésus, saint Jean-Baptiste et un ange.*

Fond de paysage avec constructions et effet de soleil couchant.

Bois. Haut., 67 cent.; larg., 48 cent.

RIBÉRA (José de)

Jativa, 1588-1656.

63 — *Rebecca présente son fils Jacob à Isaac aveugle pour surprendre sa bénédiction.*

Toile. Haut., 1 m. 16; larg., 1 m. 91.

ROSA (Salvator)

Revella, 1615-1673.

64 — *Saint Jérôme dans le désert.*

Toile. Haut., 73 cent.; larg., 1 m. 05.

ROTTENHAMMER (Jean)

Munich, 1564-1623.

65 — *L'Annonciation aux bergers.*

Peinture sur métal.

Haut., 52 cent.; larg., 78 cent.

ROTTENHAMMER (JEAN)

66 — *Sujet biblique*

Bois. Haut., 45 cent.; larg., 52 cent.

RUBENS (Ecole de)

67 — *Portrait d'un gentilhomme, le cou entouré d'une collerette de dentelle.*

Toile. Haut., 43 cent.; larg., 37 cent.

SARTO (Attribué à ANDREA DEL)

68 — *La Vierge portant l'Enfant Jésus entre deux anges.*

Toile. Haut., 83 cent.; larg., 65 cent.

SAVERY (ROLAND)

Courtray, 1576-1639.

69 — *La Promenade en forêt.*

Un officier et une dame suivent une allée sous bois.

Bois. Haut., 30 cent.; larg., 26 cent

SCHALCKEN (Attribué à GODEFROID)

70 — *Le Duo.*

Une jeune femme, assise devant une table recouverte d'un tapis rouge, joue du violon, accompagnant un chanteur coiffé d'une toque à plumes, et pinçant de la guitare.

Bois. Haut., 58 cent.; larg., 48 cent.

SCHALCKEN (Attribué à GODEFROID)

71 — *Les Joueurs de dés.*

Bois. Haut., 32 cent.; larg., 48 cent.

SILVESTRE (LOUIS)

Paris, 1675-1760.

72 — *Portrait d'une jeune femme.*

En corsage décolleté, entouré de dentelles et de rubans bleus, coiffée d'un bonnet de dentelles.

Toile. Haut., 66 cent.; larg., 49 cent.

SIMONOS

École hollandaise, XVIIe siècle.

73 — *Faisan, perdreaux, bécasses et oiseaux divers.*

Signé à droite et daté : *1650*.

Toile. Haut., 90 cent.; larg., 1 m. 10.

Collection Kharitov, de Moscou.

SOLIMÈNE (FRANCISCO)

Nocera, 1657-1747.

74 — *Bacchanales.*

Toile. Haut., 58 cent.; larg., 43 cent.

STEENWIK (HENRI VAN)

Amsterdam, 1580-1648.

75 — *Le Déjeuner au jambon.*

Signé en toutes lettres, et daté : *1602*.

Toile. Haut., 50 cent.; larg., 62 cent.

TÉNIERS (D'après)

76 — *Villageois sur une route.*

Bois. Haut., 23 cent.; larg., 29 cent.

TÉNIERS (École de)

77 — *Intérieur de cabaret.*

Bois. Haut., 33 cent.; larg., 41 cent.

TORENVLIET (JACQUES)

Leyde, 1641-1719.

78 — *Un homme en noir accompagné d'une femme.*

Bois. Haut., 30 cent.; larg., 23 cent.

UDEN (Attribué à VAN)

79 — *La Prédication du Christ.*

Le Christ, entouré de nombreux auditeurs, prêche au pied d'une colline.

Bois. Haut., 71 cent.; larg., 1 m. 08.

VALENTIN (JEAN DE BOULOGNE, dit le)

Coulommiers, 1591-1634.

80 — *La Partie de musique.*

Quatre personnages sont groupés autour d'une table, chantant, buvant ou pinçant du luth.

Toile. Haut., 1 m. 15; larg., 1 m. 66.

LE VALENTIN

80

760

VAN DYCK (Attribué à)

81 — *Saint Jean l'Évangéliste.*

Il est représenté en buste, les yeux mouillés de larmes.

Toile. Haut., 47 cent.; larg., 39 cent.

VAN DYCK (École de)

82 — *Portrait d'homme.*

Vu de trois quarts, la main repliée sur la poitrine.

Toile. Haut., 70 cent.; larg., 55 cent.

VAN LOO (CHARLES-AMÉDÉE)

Turin, 1718-1790.

83 — *Hercule et Omphale.*

Hercule est agenouillé aux pieds d'Omphale : au second plan, des amours voltigent dans les arbres.

Signé à gauche, et daté : *1775*.

Toile. Haut., 94 cent.; larg., 79 cent.

VERSCHURING (HENRI)

Gorinchem, 1627-1690.

84 — *Combat de cavalerie devant un château fort sur une colline.*

Signé à droite, et daté : *1663*.

Toile. Haut., 57 cent.; larg., 83 cent.

VOS (MARTIN DE)

Anvers, 1532-1603.

85 — *Le Christ et son église.*

Bois. Haut., 66 cent.; larg., 88 cent.

VOS (MARTIN DE)

86 — *Éléazar et Rebecca à la fontaine*

Importante composition.

Bois. Haut., 1 m. 36 larg., 1 m. 60.

VREEM (ANTOINE)

Dordrecht (?-† 1681).

87 — *Vertumne et Pomone.*

La déesse des champs est assise, portant un manteau marron sur une robe bleue brodée d'or. A droite, une statue de l'Amour.

Signé en toutes lettres.

Bois. Haut., 55 cent.; larg., 43 cent.

WATTEAU (Genre de)

88 — *Gilles, la guitare sous le bras, lutine deux jeunes femmes dans un parc.*

Bois. Haut., 31 cent.; larg., 42 cent.

VAN LOO (C. A.)

83

600

WATTEAU (Genre de)

89 — *Une jeune femme danse avec un jeune seigneur dans un parc.*

Au second plan, deux groupes causent, un musicien joue de la cornemuse.

Bois. Haut., 31 cent.; larg., 42 cent.

WEENIX (JEAN)

Amsterdam, 1640-1719.

90 — *Oiseaux dans un parc.*

Un paon, un dindon, une poule blanche et des oiseaux de volière. Signé en toutes lettres.

Toile. Haut., 46 cent.; larg., 60 cent.

WERF (ADRIEN VAN DER)

Kralinger-Ambacht, 1659-1722.

91 — *La Madeleine dans le désert.*

Peinture sur métal.

Haut., 41 cent.; larg., 31 cent.

ZACHTELEVEN (CORNÉLIS)

Rotterdam, 1606-1681.

92 — *Vue des bords du Rhin.*

Toile. Haut., 40 cent.; larg., 54 cent.

ÉCOLE ALLEMANDE

XVIIe siècle.

93 — *Sujet mythologique.*

Peinture sur cuivre.

Haut., 47 cent.; larg., 39 cent.

ÉCOLE ALLEMANDE

DEUX PENDANTS

94 — *Portrait de femme âgée, tenant à la main une paire de besicles.*

95 — *Portrait d'un vieillard tenant dans sa main un verre de vin.*

Toiles. Haut., 60 cent.; larg., 48 cent.

ÉCOLE ALLEMANDE

96 — *Les Fumeurs.*

Toile. Haut., 26 cent.; larg., 21 cent.

ÉCOLE BOLONAISE

97 — *La Présentation au Temple.*

Toile. Haut., 1 m. 10; larg., 1 m. 47.

ÉCOLE ESPAGNOLE

98 — *Un Franciscain en méditation.*

Toile. Haut., 93 cent.; larg., 75 cent.

ÉCOLE ESPAGNOLE

99 — *Saint François.*

Toile. Haut., 26 cent.; larg., 21 cent.

ÉCOLE FLAMANDE

XVIIe siècle.

100 — *Vieillard ouvrant la bouche.*

Toile. Haut., 32 cent.; larg., 24 cent.

ÉCOLE FRANÇAISE

XVIIIe siècle.

101 — *Portrait de Laharpe.*

Toile. Haut., 17 cent.; larg., 12 cent.

ÉCOLE FRANÇAISE

102 — *Jeune femme à sa toilette.*

Bois. Haut., 21 cent.; larg., 17 cent.

ÉCOLE HOLLANDAISE

XVIIe siècle.

103 — *La Toilette.*

Une jeune femme est assise dans un intérieur, une chambrière s'occupe de sa coiffure, et un page nègre lui présente une aiguière sur un plateau d'argent.

Signé à droite d'un monogramme.

Toile. Haut., 47 cent.; larg., 37 cent.

ÉCOLE HOLLANDAISE

104 — *Le Savetier.*

Bois. Haut., 85 cent.; larg., 67 cent.

ÉCOLE HOLLANDAISE

105 — *Le Concert au cabaret.*

Bois. Haut., 29 cent.; larg., 40 cent.

ÉCOLE ITALIENNE

XVIIe siècle.

106 — *Saint Pierre.*

Toile. Haut., 65 cent.; larg., 50 cent.

ÉCOLE ITALIENNE

107 — *Femme en buste et son page.*

Toile. Haut., 76 cent.; larg., 61 cent.

ÉCOLE ITALIENNE

108 — *La Vierge, l'Enfant Jésus et saint Jean.*

Bois. Haut., 55 cent.; larg., 40 cent.

ÉCOLE VÉNITIENNE

109 — *Deux femmes, la poitrine décolletée, les cheveux sur les épaules.*

Toile. Haut., 59 cent.; larg., 82 cent.

Marbres

110 — Fiammetta. Buste en marbre, signé : *Pro. Ulysse Cambi, Florence 1858.*

Haut., 80 cent.

111 — Buste en marbre de jeune femme, signé : *A. Carrier.*

Haut., 63 cent.

112 — Béatrice. Buste en marbre, signé : *Odoardo Fantacchiotti, Florence, 1858.*

Haut., 80 cent.

113 — Deux colonnes torses avec chapiteau sculpté, marbre noir veiné de jaune.

Haut., 1 m. 20.

Quatre panneaux en cuir repoussé du XVIIe siècle, encadrés :

114 — *Le Sacrifice d'Abraham.*

115 — *Les Disciples d'Emmaüs.*

116 — *La Nativité.*

117 — *L'Adoration des Mages.*

Haut., 66 cent.; larg., 26 cent.

www.ingramcontent.com/pod-product-compliance
Ingram Content Group UK Ltd.
Pitfield, Milton Keynes, MK11 3LW, UK
UKHW032005260826
14628UKWH00005B/2295

9 782329 365640